4

Ye

38897

# LE
# COLOMBIER.

*DÉDIÉ*

## AUX COLOMBES DE PERPIGNAN.

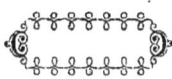

PERPIGNAN.

**Imprimerie de J.-B. Alzine,**

Rue des Trois-Rois, 1.

1844.

# LE COLOMBIER.

En France, trop long-temps, un pouvoir sacrilége,
N'accordant rien au peuple et tout au privilége,
A fait du colombier l'annexe des châteaux :
Dans son champ aujourd'hui chacun devenu maître,
Peut bâtir, à son gré, cet asile champêtre,
Sans craindre de heurter des droits seigneuriaux.


Cet affranchissement est un bienfait céleste :
Contre lui révolté l'égoïsme proteste :
Le bien être d'autrui fait toujours son malheur.
Paisibles habitants de ces lieux tutélaires,
Vos amours dans nos champs devenus populaires,
Apprennent chaque jour à devenir meilleur.

La colombe est ardente et toute à sa tendresse ;
Auprès de sa compagne elle aime avec ivresse,
Et ses roucoulements expriment son amour.
A ses galants transports la femelle attentive,
Sent faiblir sa rigueur ; et, soudain moins craintive,
Par un cri langoureux lui répond à son tour.


Leur tendresse est féconde et toujours éprouvée ;
Car chacune à son tour réchauffe la couvée,
Sans que jamais l'ennui trouble un si doux accord.
Moins heureux, parmi nous, on voit plus d'un ménage,
Changeant en un enfer un aussi doux servage,
Ne savoir que maudire et l'hymen et son sort.


Dans leurs affections, au sein de leur famille,
Avec sollicitude un père aime sa fille ;
La mère aime son fils, l'espoir de ses vieux jours.
Ces chastes sentiments sont de la prévoyance :
Chez vous c'est un instinct que cette préférence,
En donnant la pâture au fruit de vos amours[1].

[1] Il se compose toujours de deux petits : l'un mâle et l'autre femelle.

L'homme doit à la femme un appui tutélaire,
Car l'Éternel a dit à notre premier père :
La femme est ta compagne et sois son protecteur.
Comme la fleur des champs qu'un léger souffle agite,
Que l'aquilon arrache et flétrit dans sa fuite,
Sa tige trop fragile a besoin d'un tuteur.


Quand deux mâles trahis quittent leurs infidèles,
Ils échangent entre eux leurs coupables femelles,
Et chaque nouveau couple est content de son sort[1].
Si nos mœurs aujourd'hui permettaient ces échanges,
On verrait moins, je crois, de ces choses étranges,
Où l'honneur marital fait volontiers le mort.


Guidé par un désir amoureux ou cupide,
Parfois l'homme confie à votre vol rapide
Des bulletins de bourse ou des secrets d'amour.
Quand l'Espagnol de Leyde assiégeait les murailles[2].
On vous vit, affrontant la foudre des batailles,
Porter aux assiégés un message de cour.

[1] Ce fait a été remarqué.
[2] En 1575.

Dieu, jadis, méconnu dans sa toute puissance,
Voyant tomber son culte et braver sa vengeance,
Sous des flots destructeurs plongea le monde entier.
Après quarante jours d'un incessant orage,
Par Noé la colombe, envoyée en message,
Porta, rentrant dans l'arche, un rameau d'olivier.


La terre repeuplée après ce cataclysme,
L'homme oublie encor Dieu pour ceux du paganisme,
Qu'il place dans le ciel, sur la terre, en enfer.
Parmi tous ces faux dieux qu'il fit à son image,
Ayant ses passions, ses goûts et son langage,
Des colombes, dit-on, nourrirent Jupiter.


L'amour, dans un pari qu'il propose à sa mère,
Ne voit point sans dépit la nymphe Péristère
Se liguer contre lui pour l'éloigner du but.
Il se venge soudain d'un tort qu'elle lui cause :
Il la change en colombe, et sa métamorphose
Devient pour la déesse un nouvel attribut.

De sa fécondité la femme est toujours fière,
Mais pour purifier son bonheur d'être mère,
Chaque fois, à l'église, un prêtre la bénit[1].
Les Chrétiens ont aux Juifs emprunté cet usage :
Deux colombes alors poétisaient l'hommage,
Qu'aux femmes des Hébreux Moïse avait prescrit[2].


La colombe est partout un signe allégorique :
Elle est pour les Chrétiens un symbole mystique :
L'esprit-Saint sous sa forme apparut autrefois.
Sur la Vierge Marie il étendit ses ailes,
Lorsque pour nous sauver des flammes éternelles,
Dieu voulut se faire homme et mourir sur la croix.


Pour effacer en lui cette tache féconde,
Que la chute d'Adam légua jadis au monde,
Sur le bord du Jourdain Jésus porta ses pas.
Jean versa sur son front l'eau sainte du baptême :
L'esprit-Saint apparut ; et l'Éternel lui-même
Le proclama son fils en lui tendant ses bras.

[1] Les relevailles.
[2] La purification.

Des disciples du Christ la naïve ignorance
N'aurait pu propager leur nouvelle croyance,
Si Dieu, les éclairant, n'eût parlé par leur voix.
L'Esprit-Saint apparut; il plana sur leurs têtes,
Les rendit de la Foi de savants interprètes;
Et des peuples divers embrassèrent la croix.


Puisse encor l'Esprit-Saint, par de nouveaux miracles,
De la Religion inspirer les oracles,
Qui de leur ministère ont mal compris le vœu.
On n'en entendrait plus, dans leur humeur farouche,
Le regard courroucé, la menace à la bouche,
Nous faire peur du diable en nous parlant de Dieu.


Pour affermir les droits d'une conquête injuste,
Clovis fut sacré roi par un pontife auguste,
Comme autrefois Saül le fut par Samuël.
On dit qu'une colombe apporta l'huile sainte[1];
Et que des murs de Rheims ayant franchi l'enceinte,
Soudain elle reprit son essor vers le ciel.

[1] La sainte ampoule.

Symbole gracieux de la foi conjugale,
Colombes, qui venez sur la Place Royale,
Pour glaner quelques grains ou prendre vos ébats,
A vous je m'intéresse, et parfois je m'indigne,
Quand je vois, dans ses jeux, qu'une enfance maligne,
Pour vous faire envoler vient harceler vos pas.


Dans vos tendres amours souvent je vous contemple :
Que tout mauvais ménage, instruit par votre exemple,
Ne désespère pas d'un meilleur avenir.
Mais, hélas ! cet espoir est toujours chimérique,
Quand sous le joug de fer d'une femme excentrique,
L'homme courbe sa tête et ne sait qu'obéir.


Chez lui l'homme autrefois avait son libre arbitre ;
De son autorité n'abdiquait point le titre,
Et toujours, sans partage, exerçait son pouvoir.
De ses droits aujourd'hui souvent il se dépouille ;
Mais dès que par sa faute ils tombent en quenouille,
Le sort qui le menace est facile à prévoir.

Lorsque de la cité vous franchissez l'enceinte,
Des piéges qu'on vous tend mettez-vous hors d'atteinte,
Et près du Castillet ne vous arrêtez pas.
Il s'exhale une odeur souvent nauséabonde,
Qui fait, au pont-levis, grimacer tout le monde,
Où chacun passe vite et murmure tout bas.


Lorsque tous les matins, d'actives ménagères,
De légumes, de fruits et de fleurs éphémères,
Sur la Place Royale emplissent leurs cabas;
Du haut du colombier vous observez la foule,
Qui bourdonne, s'agite et lentement s'écoule,
Et se livre parfois à de bruyants débats.


Vous voyez de lourdauds, une horde sauvage,
Conduire des baudets chargés de jardinage,
Et, pour eux sans pitié, les accabler de coups:
Vous les voyez assis, surcharger leurs montures;
Ou bien avec leurs mains ramassant des ordures,
En remplir les paniers qui contenaient des choux.

Vous voyez chaque jour passer bien des coquettes ;
Vous pourriez les nommer si vous n'étiez discrètes ;
Mais je ne puis blâmer votre discrétion.
Je veux vous imiter ; votre exemple m'entraîne ;
Qu'un autre, sans pitié, contr'elles se déchaîne,
Et d'une, en cas d'oubli, je lui dirai le nom.


Vous voyez quelquefois de gentilles fillettes,
Au pudique maintien, naïves et simplettes,
Par un regard furtif réveiller les amours ;
Lorsque, pour provoquer de nouvelles intrigues,
D'autres de leurs regards, honteusement prodigues,
A leurs goûts passagers donnent un libre cours.


Vous voyez deux publics ; l'un faible et débonnaire,
Montre complaisamment une humeur moutonnière ;
Aux volontés d'un seul bornant tous ses souhaits.
L'autre, à cet ascendant refuse son hommage,
S'isole par ses mœurs, ses goûts et son langage ;
Et ses vieux souvenirs ont pour lui des attraits.

Gaulois par leurs aïeux ; Français sous Charlemagne [1],
Plus tard, par testament, donnés au roi d'Espagne [2],
Ils ont de s'affranchir méconnu le besoin [3].
Devenus du progrès de fougueux adversaires,
S'il cherchait, par surprise, à franchir les Corbières,
Soudain tous lui criaient : tu n'iras pas plus loin.


S'ils ont à la raison fait ce sanglant outrage,
On les voit aujourd'hui condamner ce langage,
Et vouloir du passé faire oublier les torts ;
Mais on en voit encor, par un esprit contraire,
Au char de la raison s'atteler par derrière,
Et vouloir du progrès balancer les efforts.


Vous voyez, en plein air, une foule joyeuse,
Rappeler, dans ses *balls,* la danse gracieuse
Des peuples d'autrefois, poétisant leurs pas.
Lorsque dans nos salons, où pour danser on glisse,
Où la fortune au jeu fait craindre son caprice,
Une franche gaîté ne s'y rencontre pas.

[1] En 768.    [2] Il n'était alors que roi d'Aragon, en 1172.
[3] De 1172 à 1460 (Louis XI), de 1490 à 1641 (Louis XIII).

Vous voyez bien des gens entachés par l'usure,
Non contents de puiser à cette source impure,
Pour mieux thésauriser ils vivent en grigous.
Quand d'autres, qu'on croirait comblés par la richesse,
Sous des dehors trompeurs abritant leur détresse,
D'une pitié stérile éloignent les dégoûts.


Lorsque le tambour bat, comme en un jour d'alarmes ;
Soudain, à son rappel, des bataillons en armes,
Au tour de la cité simulent des combats :
Vous voyez, chaque fois, une foule empressée,
De l'emploi de son temps toujours embarrassée,
Avec la même ardeur, s'attacher à leurs pas.


Vous avez vu naguère une foule stupide,
D'un spectacle sanglant cruellement avide,
Se ruer, sans pudeur, autour d'un échafaud :
Vous avez encor vu, par la foule obsédée,
Cette femme qu'on crut du démon possédée,
En la voyant la nuit prier sur un tombeau.

Vous avez encor vu quelques sales ermites,
Du désert de Saint-Paul franchissant les limites[1],
Chacun portait un Christ qu'il pressait dans ses bras :
S'ils savaient imiter les saints anachorètes :
On ne reverrait plus ces donneurs d'amulettes,
Dans des lieux habités porter encor leurs pas.


Puisqu'il faut que chacun soit utile en ce monde,
Qu'ils viennent imiter la piété profonde,
De ce moine espagnol qu'on admire en ces lieux :
Il n'importune point la charité publique ;
Mais l'aumône qu'obtient son zèle évangélique,
Il la consacre aux soins qu'il donne aux malheureux.


Quand la nuit sur ces murs étend son voile sombre,
Des amans empressés à se glisser dans l'ombre,
Vous entendez souvent les doux propos d'amour :
Parfois vous entendez les propos impudiques,
De ceux qui se livrant à des excès bachiques,
Prolongent dans la nuit leurs débauches du jour.

[1] Village dans la vallée de La Gly.

Vous entendez aussi par une nuit obscure,
Dans la rue égaré quelque étranger qui jure,
Lorsque l'obscurité vient enchaîner ses pas.
Vous que l'on a choisis comme amis des lumières,
Pourquoi négligez-vous celle des réverbères,
Qu'on voit trop tôt s'éteindre ou qu'on n'allume pas.


Vous entendez souvent éclater au théâtre,
D'un public exigeant, parfois acariâtre,
Les applaudissements, les cris et les sifflets.
De ce droit qu'en entrant à la porte il achète,
Le caprice est toujours un mauvais interprète ;
Et ses emportements ont de fâcheux reflets.


Vous entendez parfois de légitimes plaintes,
Timides pour flétrir d'ambitieux Philintes,
Qui, dans leur nullité, se montrent sans pudeur.
Pour parvenir à tout dans le siècle où nous sommes,
S'il faut savoir se taire ou bien flatter les hommes,
Oser être un Alceste est d'un homme de cœur.

Vous entendez... mais non... il est temps de me taire,

Vous pourriez me trouver une humeur cancannière,

Si j'allais de ces lieux répéter les propos.

Colombes, croyez-moi, je hais la médisance :

Que la malignité condamne ma prudence ;

Pour vouloir le troubler j'aime trop mon repos.

**BONNECAZE,**
capitaine d'état-major.